KB048197

산책가의 노래

산책가의 노래
Copyright ⓒ 2022 by Lee Goeun.

산책가의 노래

이고은 에세이

잔

세 번의 여름에게

작은 새

조용히
숨을 멈추고
귀 기울이면
들리는 울음소리

숲속 어딘가의
작은 새
누구를 그토록
그리워하나

연못

타 들어가는 햇빛을 피해
넓게 펼쳐진 연잎을 양산 삼아
탁한 물 위로 두 눈을 빼꼼히 내밀고
개구리들이 꺼억꺼억 울고 있다.

조심스럽게 하늘을 올려다보면
49일째,
여전히 거짓말처럼 예쁜 구름이다.

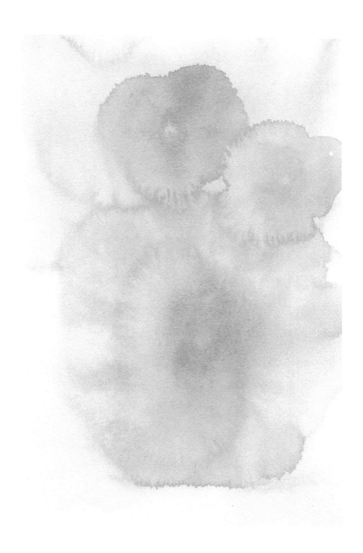

링링

지난밤 창밖에서 불어오는
링링의 휘파람 소리를 들었지.
나와서 같이 놀자고 창문을 두들기다가
갑자기 잠잠해지는 것 같더니,
심술이 났나 보구나.
곳곳에 커다란 나무가 꺾여 있고
부러진 나뭇가지가 나뒹굴고 있네.
개울에서도 한참을 첨벙거리며 놀았는지
온통 뿌옇게 흙탕물로 변해 버렸지만,
파랗고 작은 꽃들은
링링의 장난에도 꺾이지 않고
여전히 예쁘게 피어 있구나.

애벌레

믿기지 않을 만큼 선명한 연두색의,
언젠가 아름다운 날개를 가질 작은 생명체가
길 한가운데서 위태롭게 꿈틀거리며
미지의 어딘가로 나아가고 있는 것을
나뭇잎에 태워 안전한 곳으로 옮겨 주었다.
무심한 사람들에게 밟히지 않도록.
아름다운 날개를 펼칠 수 있도록.
마음껏 날아다닐 수 있도록.

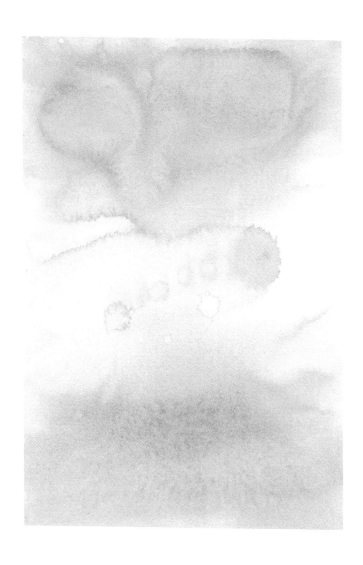

별

땅 위에 피어난
노랗게 빛나는
향기로운 별

별 하나
몰래 따다가
그대에게 주고 싶다.

유령 물고기

호수에 가면
가끔씩 만나는
하얀 물고기가 있다.

흔들리는 수초 그림자 사이로
느릿느릿 움직이는
유령 같은 물고기가 있다.

가까이 다가오다가
어느샌가 멀어지는
하얀 유령 같은 물고기가
오늘도 호수에서 헤엄치고 있다.

호수에서

구름 사이로
햇빛이 다시 나오기를 기다리며
물가에 앉아 있다.

파란 하늘과 하얀 구름이
일렁이는 물결에 비추어
흔들리고 있다.

한 아이가 옆에서
바다다!
라고 말했다.

아이스 블루

아이스 블루*
아이스 블루
아이스 블루

빨간 열매를
가득 머금은 나무
가장 빛나는 열매에
손가락 끝을 가져다 대고

아이스 블루
아이스 블루
아이스 블루

*화와이에서 시작된 용서와 화해를 위한 수행 방법인 '호오포노포노' 중 고통에 관한
 기억의 정화를 돕는 말.

바다

짙은 남색
파도가 치고 있다.

바다가 무어라고
소리 지르고 있다.

그 거셈에 압도되어
고개를 돌렸다.

지난 4월의 기억이
파도에 씻겨 떠나갔다.

사랑과 죽음과
불면不眠의 밤들이.

그거면 된 거라고
소리 없이 소리쳤다.

빛

물가 계단에 앉아 호수에서 반짝이는 햇빛을 바라보았다. 빛이 물결을 타고 흐르다 사라지기를 반복했다. 수천수만 개의 빛이 생겨나고 사라지는 그곳에는 삶과 죽음이 뒤섞여 아름다운 광경을 만들어 내고 있다.

자전거를 탄 아이들이 소리 지르며 지나가고, 한 아저씨가 삐걱삐걱 소리를 내며 운동 기구를 타고, 젊은 엄마가 유모차를 밀며 통화를 하고, 호수 주위로 띄엄띄엄 둘러앉은 사람들은 각자의 시간을 보내며 한가로이 오후를 즐기고 있다.

그리고 여기 내가 있다.
수많은 사람이 살아가고 죽는 이곳에서
저 빛처럼 아름답게 반짝이고 싶다,

누군가의 마음에 여운을 남기고 싶다, 생각하며
사라지는 빛을 마음에 담고 자리에서 일어났다.

눈보라

쓸쓸한 마음이 흩날리고 있다.

봄을 기다리며

구름 한 점 없는 하늘에
새 한 마리가 날아간다.
봄이 오는 신호를 알리는
짧은 울음소리 내면서.

봄의 새싹을 기다리는
벌거벗은 나무들 사이에서
마른 나뭇잎을 움켜 안고
겨울을 보내지 못하는 저 나무가 안쓰럽다.

담담하게 떨어진 나뭇잎은
저마다 바람을 타고 어디론가 떠나고 있다.
흙으로 돌아가기 위해.
다시 태어나기 위해.

혼잣말

송사리는 아직 한 마리도 보이지 않았다.
젊은 엄마가 아이 둘을 데리고
내 곁에 앉더니 함께 사진을 찍는다.
아이들은 뭐가 그리 신났는지 발을 동동 구르고 있다.
이대로 드러누워 낮잠을 자고 싶다.
누군가와 함께라면 더 좋을 것 같다.

그게 당신이라면, 그게 당신이라면.

이제 그만 갈까?
젊은 엄마가 아이들에게 말했다.
그리고 나는 여전히 호수를 들여다보고 있다.

당신을 생각하면서, 당신을 생각하면서.

오리 두 마리

가까이 다가가니,

푸드덕 소리를 내며 오리 두 마리가 연못 한가운데로 헤엄쳐 간다. 날개를 펼쳤다 접기도 하고 연못 가장자리에 있는 마른 수초 틈으로 머리를 넣었다 뺐다 하면서 나뭇가지를 입에 물기도 하더니, 연못 한가운데로 돌아가서 사랑을 나눈다. 그러고는 어색한 듯 잠시 거리를 두고 깃털을 정리한 뒤 처음보다 더 가까이 몸을 붙이고 함께 헤엄을 친다.

햇빛은 따뜻하지만,

잠깐씩 불어오는 바람은 아직 차가워 옷깃을 여미고 다시 공원을 걷는다. 쓸쓸하게 비어 있는 것 같은 풍경 속에서도 가까이 다가가 들여다보면 매화도 피어나고, 이름 모를 작은 파란색, 보라색 꽃들 틈새에 노란 민들레

도 피어나고, 잔디밭에도 무언가 자라기 시작했는지 쪼
그리고 앉아 부지런히 손 놀리는 중년 부부도 있다.

데이트를 다 했는지,
오리 두 마리가 하늘로 날아가고 있다.

물결

바람이 불 때마다
햇빛에 반짝이는
물결이 아름다워
가만히 바라보네

반짝이는 물결이
저 멀리서부터
차르르 차르르
나에게 다가오네

계속 바라볼 수 있을 것 같아
계속 바라볼 수 있을 것 같아

새

꽃향기에 취한
새 한 마리가
가까이 다가가도
날아가지 않고
멍하니
봄을
바라보고 있다.

호수 한 바퀴

강은 어디론가 흐르는데 여기는 흐르지 않아서 호수야. 아빠는 호수를 바라보며 아들에게 말해 주고, 엄마는 그림책을 넘기며 딸에게 꽃과 나비를 알려 주고 있다.

아주머니는 호미로 땅을 파며 꽃을 심고, 할아버지는 나무 앞에 가만히 서 있다.

커다란 비눗방울 하나가 날아오더니 공중에서 퐁 하고 사라졌다.

남자아이는 파란색 비행기를 날리고, 여자아이는 분홍색 줄넘기를 한다. 비행기가 잠시 하늘을 날다 그대로 고꾸라지자 줄넘기도 돌기를 멈췄다.

통통한 소년이 마른 풀포기를 들고 잔뜩 화난 표정으로 걸어가고 있다.

강은 어디론가 흐르는데 여기는 흐르지 않아서 호수라던 아빠는 여전히 아들과 함께 호수를 바라보고 있다.

다정해 보이는 연인이 노란 우산을 펼치고 잔디밭에 누워 조용히 사랑을 속삭이자 노란 민들레가 불쑥 얼굴을 내밀었다.

벚꽃

벚꽃이 바람에 흩날려 떨어지고 있어
아, 예쁘다!
나도 모르게 소리쳤지

드디어 내게도 온 걸까
벚꽃을 봐도 더 이상 슬프지 않은 날이

너를 내 품에 안고 보내러 가던 날
하염없이 벚꽃이 흩날렸고
너무 아름다워 더 슬픈 기억이었어

그 후 벚꽃이 흩날리면
그날이 떠올라 슬퍼졌어
작고 사랑스러운 네가

이제는 내 곁에 없다는 것이
믿기지 않았지

하지만 시간이 흐르고
오지 않을 것 같던 이 순간이
드디어 내게도 온 걸까
벚꽃을 봐도 더 이상 슬프지 않은 날이

몸살이 나은 뒤

빨간 꽃이 탐스럽게 핀 명자나무 아래
분홍색 자전거가 쓰러져 있고,
라일락이 어느샌가 피었다가
희미한 자줏빛 향기만 남긴 채 지고 있다.

여운

송사리들이 떼를 지어 헤엄치다
부딪히며 이리저리 흩어진다.

바람이 불자 하얀 꽃잎들이
땅에 떨어져 구른다.

벌레 한 마리가 날아와 옷에 앉았다가
저 멀리 날아간다.

데자뷔

이쪽에서 꿩꿩 하니 저쪽에서 꿩꿩 하고 꿩 울음소리가 들린다. 족히 서너 마리는 있는 듯하다. 가까이 소리 나는 쪽을 들여다보니 마른 풀숲 사이로 알록달록한 꿩 한 마리가 불쑥 고개를 내밀고 있다.

개울가에는 백로 한 마리가 흐르는 물 한가운데 서 있다. 햇빛이 물결에 반짝이며 백로 주변을 감싸자, 빛나는 조명 한가운데 서 있는 배우처럼 아름다운 모습을 뽐내다 느릿느릿 뒤돌아 걸어간다.

공원은 여기저기 꽃을 심는 사람들로 분주하다. 이름을 알 수 없는 화려한 꽃들이 줄을 맞추어 가득 심어지고 있다. 어쩐지 들판에 아무렇게나 흐드러지게 핀 들꽃이 더 예쁘다는 생각이 들었다.

여자아이가 긴 막대기를 주워 물을 휘휘 젓자 수초 근처에서 소금쟁이들이 모습을 드러내고 물결을 타며 신나게 헤엄치기 시작한다. 야구복을 입은 두 소년이 지나가자 수많은 참새가 갑자기 사방에서 튀어나와 쩍쩍이며 하늘로 날아간다. 어지러웠다.

문득 기억 하나가 스쳐 지나갔다. 분명 언젠가 느꼈던 기분이다. 그런데 그게 어떤 것인지 도무지 기억나지 않는다.

한여름의 눈

하얀 꽃가루가 공기 중에 날아다니고
저기 저 커다란 나무에서 쏟아져 나오고
마치 눈이 흩날리는 것 같아

막 자라기 시작한 수초 틈으로 햇빛이 반짝이고
빛은 한동안 수초에 달라붙어 있다가
물결을 따라 빠르게 움직이며
모였다 흩어졌다를 반복하지

하얗고 작은 꽃이 동그랗게 모여 피어나고
부케를 닮은 꽃이니 부케 꽃이라고
내 마음대로 이름을 붙여 줘야지

물속에는 제법 자란 송사리가

떼를 지어 느긋하게 헤엄치다
그중 한 마리가 배를 뒤집으며 튀어 올라
작은 은빛을 반짝이네

오리 한 마리가 느릿느릿 헤엄치는 가운데
여전히 한여름의 눈이 쏟아지고

민들레

바람이 불 때마다
멀리멀리 떠나가 버릴 듯이 흔들리다가
나도 모르게 그대에게 날아가
노오란 꽃을 피워 놓고서
서둘러 바람을 타고
다시 날아와 버렸네

45

동그란 원

개울에 은빛 물고기가 튀어 오르며
동그란 원을 그린다.
나는 온통 당신 생각뿐이다.

마음의 사이

구름 한 점 없는
파란 도화지 같은 하늘에
삐이이이— 하고 매가 울더니
검은 점을 그리며 날아갔다.

검은 점이 희미해지다 사라진
그 파란 도화지를 바라보며
문득 사람과 사람이 좋아하는 마음의 사이
그 공간이 아름답다고 생각했다.

붉은 클로버

당신이 나를 보고 웃던 그 순간
내 마음에 꽃 한 송이 피어나고

아기 고양이

클로버 숲 사이에
조그만 아기 고양이

태어난 지 얼마 되지
않았나 보구나

아직 겁을 모르는지
가까이 다가와 빤히 쳐다보다가

서툰 발걸음으로
수풀 속으로 들어가네

다음에 다시 오면
또 만날 수 있을까

클로버 숲 사이에

조그만 아기 고양이

장미 정원

미처 꽃잎이 떨어지기도 전에
뜨거운 6월의 햇볕에 바짝 말라 흉측하게 변해 버렸다.
분명 얼마 전까지는 아름다운 모습을 뽐내며
진한 향기를 풍기고 있었겠지.
조금 더 일찍 왔으면 좋았겠지만
아직 생생하게 피어 있는,
뒤늦게 피어난 장미도 있으니
이제라도 온 것이 다행이다, 생각하며
장미에 코끝을 가져다 대고 숨을 들이마시니
진한 향기가 몸속에 퍼진다.

두 연인이 데이트 중이다.
짧은 스커트를 입은 여자가
장미 가까이 얼굴을 가져다 대고 포즈를 취하더니

예쁘게 나왔어? 라고 물으며

남자가 쥔 핸드폰을 들여다본다.

마음에 들지 않았는지 뾰로통한 표정을 짓고는

다시 포즈를 취한다.

양산을 쓰고 산책 중인 아주머니 둘이서

벌써 시들었네, 말하고는

장미꽃에 둘러싸인 비너스 동상 앞에서 포즈를 취한다.

벌써 시들었네, 벌써 시들었어.

몇 번이나 말하며 아쉬워하면서.

불쑥 엄마 생각이 난다.

꽃을 참 좋아한 엄마.

시골집 마당에는 늘 꽃이 한가득 피어 있었지.

엄마가 이곳에 왔다면 분명 좋아했을 텐데.
벌써 시들었네, 벌써 시들었어.
몇 번이나 말하며 아쉬워했겠지만.

아름다운 것을 봐도 슬픈 생각이 드는 건 왜일까.
시들어 가는 장미를 뒤로한 채
그만 정원에서 발걸음을 옮겼다.

아름다운 것을 보면

아직 연꽃은 피지 않았다. 5월에는 연꽃이 피지 않는다는 걸 알면서도 내심 서둘러 피어난 한 송이 연꽃이라도 있으면 좋겠다고 기대했다.

넓은 연못 가득히 넓은 연잎이 둥둥 떠 있다. 연잎 위에는 동그랗게 물이 고여 하얗게 빛나고, 연못 주위를 감싸는 수초와 그 사이에서 노란 얼굴을 내민 붓꽃. 그래, 5월은 이것만으로도 충분히 아름답다.

탁한 물속에서 통통하게 살 오른 올챙이들이 놀고 있다. 가까이 다가가면 깜짝 놀라 흩어졌다가 금세 다시 모여 꼬리를 흔든다.

연못 위에는 하늘과 햇빛과 나무 그림자가 한 폭의 풍

경화를 그리다가, 물고기가 뛰어오르자 흔들리며 희미
한 추상화가 되었다.

이 순간을 그리고 싶다.
아름다운 것을 보면
아름다운 것을 그리고 싶다.

여자의 마음

텅 빈 공원을 걷자니
누군가를 생각하고 싶어졌다.

그립기 때문에 그리운 것이 아니라
그립고 싶기 때문에 그리워하는
여자의 마음을 바라보았다.

꽃들의 잔치

얼마 전까지 드문드문 피던 금계국이 만발하여 개울가를 노랗게 물들이고 있다.

이제 막 꽃봉오리가 터지기 시작한, 이름과는 어울리지 않게 예쁜 쥐똥나무 꽃에는 그 짙은 향기에 취한 꿀벌들이 어지럽게 날아다니고 있다.

산책길 한쪽에는 노랗게, 다른 한쪽에는 하얗게 경쟁이라도 하듯이 꽃들이 피어나고 있다. 그 틈으로 빼꼼히 얼굴을 내민 연보랏빛 꽃. 가까이 다가가 들여다보니 메꽃이 옹기종기 모여 방긋 웃고 있다.

소란스럽게 뽐내는 꽃들 멀찍이에서 단 한 송이 붉은 양귀비가 말없이 아름다운 자태를 드러내고 있다.

꽃들의 잔치가 벌어지는 동안 검은 얼룩무늬 고양이가 무심히 귀를 긁다가 나와 눈이 마주치자 가만히 멈춰 서서 한참을 바라보더니 느릿느릿 어딘가로 향한다.

이토록 찬란한 순간

바람이 많이 분다. 바람이 불 때마다 나뭇잎과 풀들이 시끄럽게 웅성거려 머리가 지끈거린다. 집으로 돌아갈까 잠시 망설였지만, 탁 트인 풍경 속에서 만발한 노랗고 하얗고 빨간 꽃들이 바람에 몸을 맡기고 내가 떠나지 못하도록 유혹한다. 벌과 나비도 그 유혹을 참지 못하고 이곳저곳 방황하며 애타게 매달린다.

아무도 없는 길을 걷는다. 주위에는 온통 바람에 흔들리는 나무와 꽃과 풀뿐이다. 불현듯 나는 삶을 사랑한다는 것을 깨닫고 큰 소리로 사랑해! 외쳤다. 듣는 사람이 아무도 없기에 더 크게 사랑해! 사랑해! 사랑해! 마음껏 외쳤다.

하늘에 있는 그리운 이들이 생각났다. 갑자기 눈물이

나오려고 한다. 내 마음속에는 아직도 커다란 슬픔이 남아 있다가 예상하지 못한 순간에 불쑥 튀어나온다. 이토록 찬란한 순간에.

꽃이 다시 피어나기 위해서는

꽃이 다시 피어나기 위해서는
밝은 빛과 따뜻한 바람,
맑은 물방울과 좋은 흙이 필요하다.

그리고,
다시 피어난 꽃이 살아가기 위해서는
아름다운 노래를 들려주고
부드러운 손길로 어루만져 주는
나비와 벌 같은 좋은 친구가 필요하다.

작은 숲

오랜 시간
이곳 사람들과
평화롭게 지내 온 흔적이 있는
공원에서 이어진 작은 숲에는

낯선 방문객이 불쑥 들어오자
까마귀가 까악까악 따라다니며
숲에게 나의 존재를 알리다가
이내 시시해졌는지 보이지 않고

부스럭 소리가 나는 곳
청설모 한 마리가
재빠르게 나무 위로 올라가
낯선 이를 감시하고

곳곳에 얼굴 내민
영롱한 붉은빛 뱀딸기
윙윙거리는 모기가
열매를 지키려 달려들고

그때
위를 올려다보니
빼곡한 잎들 틈으로
햇빛이 희미하게 반짝이고

나무들이 만든
잎사귀 지붕
무더운 여름 햇빛에 달궈진
몸이 시원해지고

작은 숲에 어울리지 않는
커다란 정자에
아주머니 둘이 앉아서
조용히 이야기 나누고

숲의 끝자락
할아버지 한 분이
같은 자리를 빙글빙글 돌며
망연히 걷고 있다

마치 이곳에
계속 존재해 온듯
조금의 어색함도 없이
자연스럽게 섞여 있구나

방문객인 나는
시원한 지붕 아래에서
잠시 쉴 수 있도록 허락해 준
숲에게 인사하고 다시 공원으로 향하고

까악까악 소리에 고개를 들어 보니
나를 따라다니던 까마귀가
재미있는 구경거리를 찾아
어디론가 날아가고 있다

호수의 시

시간이 흘러
풍경은 그대로 한 편의 시가 되었다.
커다란 새 한 마리가
호숫가 나무에 앉아
시를 바라보다가
휘이이이― 울면서
노을을 향해 날아간다.

이맘때

나비 두 마리가 춤을 추다가
하얀 리본 만들며 짝짓기를 한다.
아직 혼자인 다른 나비 한 마리는
꽃 위에서 짝을 찾아 방황하고 있다.
한편에서는 한 마리 하얀 나비를 차지하려고
두 노랑나비가 싸우고 있다.
그사이 하얀 나비가 날아가 버리자
마침 승리한 노랑나비가 하얀 나비를 급히 쫓아간다.

지금이 곤충들의 구애의 계절이야.
언젠가 그가 말했다.
아마도 이맘때였을 것이다.
이토록 곤충들이 사랑에 빠진 걸 보면.

시골 저녁의 고요 속에서

유일하게 풀벌레 소리가 났다.

선선하게 불어오는 바람을 타고 울리는

그 소리가 너무 예뻐서

우리는 대화를 나누면서도

문득문득 가만히 듣고 있었다.

지금이 곤충들의 구애의 계절이야.

그때 그가 말했다.

아마도 이맘때였을 것이다.

이토록 곤충들이 사랑에 빠진 걸 보면.

향기

손에 닿을 듯 보이지 않는 짙은 안개가 가득한
고요한 숲속에서 솔솔 불어오는 바람 같은,
작디작은 꽃잎에서 빗방울 하나가 떨어지며
공기를 타고 촉촉히 전해 오는 흙내음 같은,
그런 향기로 삶을 채워 가고 싶다.

노란 꾀꼬리

노란 꾀꼬리 한 마리가
파란 하늘을 가르며 날아갔다.

할머니 산소에 다녀올 때면
꼭 자연의 어떤 것을 만나게 된다는
누군가의 말이 생각났다.

엄마 산소에 다녀오는 길에 만난
노란 꾀꼬리 한 마리.

엄마가 인사를 건넨 걸까.
어쩌면 히요— 히요— 하고
나를 부른 것 같아.

파란 도화지에 노란 점 하나.

기억하고 싶은 것은 그것뿐이야.

그것뿐이야.

나비 두 마리

빗방울이 조금씩 떨어지고
우산을 쓸 정도는 아니어서,
펼쳤던 우산을 다시 접으니
속눈썹 위로 빗방울 하나가 떨어지며 매달린다.

빗방울이 동그랗게 고여 반짝이는 풀잎 위에
나비 한 마리 앉아 있다가,
클로버 꽃에 앉아 있는 다른 나비에게 날아가
날개를 펼쳤다 접었다 푸른빛으로 유혹한다.

조그만 벌 한 마리가 이를 시샘하는지
가까이 다가가 방해하자,
나비는 잠시 날아오르는 듯싶다가
다시 클로버 꽃에 앉은 나비 곁으로 간다.

둘을 뒤돌아 조금씩
꼬리를 가까이 가져다 대고,
사랑을 나누기 전
설렘의 시간.

왠지 부끄러워져
살며시 일어나 자리를 비켜 주자,
바람을 타고 따라온
비릿한 흙냄새가 비에 젖는다.

나비의 꿈

나비는 꿈을 꾸었네
그리워서 꽃이 되었네

모두가 아름다운 꽃

비가 내린 후
그동안 보이지 않던 꽃들이 새로이 피어 있다.
모두 저마다의 개성을 가지고
누가 제일이라고 할 것도 없이 모두 예쁘다.

꽃 중에 제일이라 하면
단연코 장미를 꼽겠지만
그렇다고 장미를
가장 아름답다고 하지는 않을 것이다.

산책하면서 내 눈길을 끌고,
가까이 다가가 가만히 들여다보며
너 참 예쁘구나, 말해 주고 싶은 것들은
대부분 이름도 모르는 들꽃이다.

비 온 뒤에 피어난 예쁜 들꽃을 보며
나는 들꽃이다,
장미는 장미대로 들꽃은 들꽃대로
저마다 있는 그대로 완벽하게 아름답다,
그런 생각이 들었다.

여름의 소리

사방에
풀벌레 소리
가득하다.

짙은
초록빛 소리.

어린 방아깨비
두 마리
지나간다.

소리도 없이
여름을 뚫고.

어느 7월

하늘에는 수많은 잠자리 떼가 소리 없는 비행을 하고 있었다. 나뭇가지에서 삐익거리며 새 한 마리가 거친 비명을 질러 대고 있었다. 길 잃은 나비 한 마리가 내 옷깃을 스치고는 비틀거리며 날아갔다. 이따금 지나가는 차들이 흙먼지를 일으키고, 멀리서 오토바이 소리가 들려 뒤를 돌아보았을 때, 붕어를 낚았어, 라고 근처 낚시꾼을 가리키며 그가 말했다.

문득 떠오른 어느 7월이었다.

백로

너는 늘 혼자 있는데도
외로워 보이지 않는구나

조금만 가까이 다가가려 해도
방해받고 싶지 않다는 듯이
뒤돌아 천천히 거닐다가

하얀 날개를 펼치고
우아하게 날아오르네

나방

가로등 아래
잔뜩 바스러진
새하얀 날개들

지난밤 가로등 불빛 아래서
벌어진 그들의 축제

날아오르고
타오르고
부서지고

다시 돌아올 밤을 기다리며
가로등 옆 나무에 덕지덕지 붙은 날개들

가로등 아래에서 뒹굴고 있는
저 날개들처럼 곧 사라질

날아오르고
타오르고
부서지고

강

들어가기에는 조금 무서운 탁한 물이 흐르는 곳.
그녀가 어렸을 때 자란 곳이라고 했다.

어릴 때는 이곳이 놀이터였지요.

나는 물속에 손을 담갔다.
물 위에서 반짝이던 기억이 손에 다가와 달라붙는다.

어릴 때 저도 강물에 들어가 노는 걸 좋아했지요.

발이 닿지 않는 깊은 물속,
빠른 물살에 떠내려가던 언니.
나는 언니를 붙잡으려다 함께 떠내려갔고,
둑 위에서는 외삼촌들이 달려오고 있었다.

그리고 커다란 나뭇가지를 붙잡은 언니와 나.

탁한 물속에서 긴 다리를 가진 벌레가 나타나
급히 물에서 손을 뺐다.
손에는 아직도 기억이 남아 있어,
조심스레 닦아 내었다.

아기 개구리

파랗게 피어난 수국을 바라보려고
가까이 다가갔더니
잎사귀 사이에 몸을 숨기고 있던
조그만 아기 개구리가
깜짝 놀라 이러지도 저러지도 못한 채
멋쩍은 웃음만 짓고 있다.

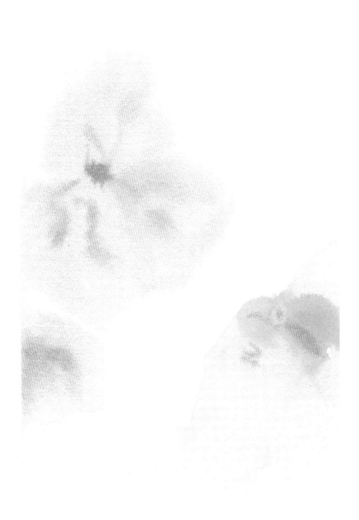

화석

대지를 뜨겁게 달구던 해를
옅은 먹구름이 덮으려 하고 있다.
저녁이 가까워질 때까지도
안간힘을 쓰던 해는
안 그래도 이제 저물려 하던 참이었다며
순순히 구름에 가려지려다가
불쑥 얼굴을 다시 내민다.

산책로 곳곳에 마른 달팽이 껍데기가
뎅그러니 놓여 있다.
지난 비의 기억이
소용돌이치다 굳어져
화석이 되었다.

곧 다시 비가 쏟아질 것이다.

다시 이곳을 찾을 때면

또 다른 화석들이 놓여 있을 것이다.

먹구름이 해를 다 덮자

습한 바람이 불어온다.

꽃잔디

엄마가 좋아하던 꽃잔디

시골집 마당 곳곳을
가득 덮고 있던 꽃잔디

엄마 없는 지금도 피었겠지

보라색 별을 닮은 꽃잔디

엄마 계신 저곳에도
잔뜩 피었으면

한여름의 사랑

초록빛 물결이 일렁이는 논 가장자리에서 몸을 숨기고
있던 백로 두 마리가 인기척에 놀라 꾸루루룩— 하며
날아오른다. 은밀한 순간을 들키기라도 한 듯 한 마리
는 부끄러워하며 저 멀리 날아가 버리고, 다른 한 마리
는 능청스레 아무 일도 없었다는 듯 다시 논 가장자리
로 돌아와 초록빛 물결 사이로 고개만 빼꼼히 내민 채
서성이고 있다.

저 멀리서 수십 마리는 되어 보이는 비둘기 떼가 소리
없이 날아오른다. 비둘기 떼의 날갯짓으로 하얗게 반짝
이는 공명空明. 그곳에서는 아마도 사랑을 나눌 상대를
찾는 열기가 한창일 것이다.

더위에 지친 버드나무가 가지를 물에 담그고 흔들흔들

졸고 있는 연못에는 검푸른 나비잠자리들이 길게 자란 수초 사이를 왔다 갔다 하며 짝을 지어 사랑을 나눈다. 턱시도와 이브닝드레스를 빼입고 무도회에서 춤추는 것처럼 우아한 몸짓으로.

한여름 무더위에도 풀 죽지 않고 화려하게 피어난 들꽃 위로 아직 짝을 찾지 못했는지 예쁜 나비 한 마리가 홀로 날아다닌다. 그 나비를 비웃기라도 하듯 무시무시하게 생긴 왕파리매 두 마리가 태평하게 사랑을 나누며 비행하고 있다.

사람들은 햇볕을 피해 어디론가 들어가 버렸는지 텅 빈 공원을 걷다 우연히 발견한 작은 존재들의 사랑의 순간들을 보며, 이글거리는 햇빛 아래라도 좋으니 숨이

막힐 정도로, 땀에 흠뻑 젖을 정도로 강렬한 그런 사랑
을 나누고 싶다, 그렇게 불타오르고 싶다고 생각해 보
는 것이다.

비에 젖은 장미

다 시들어 가는 장미꽃이 우두커니 서서
비를 맞으며 흔들리고 있다.

마치 이 비를 흠뻑 맞고 나면
다시 아름답게 피어날 수 있다고 생각하듯이.

혹은 조금은 시들었다 할지라도
비에 젖어 흔들리는 모습이 애처롭게 보여
지나가는 행인의 눈길을
한 번이라도 더 받지 않을까 하는,
그런 기대일지도.

방아깨비와 거미와 사마귀

새끼 방아깨비가 다리 하나가 걸린 거미줄에서 빠져나오려 애쓰고 있다. 구해 주고 싶은 마음에 작은 나뭇가지를 찾다가, 문득 다큐멘터리를 찍는 사람들은 새끼 동물에게 아무리 정이 들어도 천적에게 공격당해 잡아먹힐 때는 구해 주지 않는다고 한 말이 생각났다.

잡아먹고 잡아먹히는 것은 자연의 순리일 터. 방아깨비가 거미에게 잡아먹히는 것도 당연한 일이겠지. 그래도 태어난 지 얼마 되지 않은 너무 작은 방아깨비다. 조금 더 풀숲에서 폴짝거리며 놀아야 하지 않을까.

그때 나의 갈등을 눈치라도 챘는지 거미줄 아래에서 기다리던 노란 얼룩무늬 거미가 재빨리 거미줄을 타고 올라와 빙글빙글 돌며 순식간에 방아깨비를 거미줄로 덮어 버린다. 이제는 내가 손쓸 수도 없구나!

이 거미 또한 아직 다 크지 않은 새끼 거미다. 그러고 보니 거미줄도 왠지 엉성해 보인다. 어쩌면 생애 처음으로 먹이를 얻기 위해 힘들여 거미줄을 쳐 놓은 것이리라. 이 거미에게도 이 사냥의 순간이 생존을 위한 소중한 기회일 텐데 함부로 방해할 수는 없는 것이다.

방아깨비를 구해 주지 못한 나를 위로하며 차마 계속 보지 못하고 옆으로 눈길을 돌리자 먹이를 빼앗긴 사마귀 한 마리가 분한 마음을 참지 못해 앞발을 치켜세우고 거미를 노려본다.

오후 2시와 3시 사이의 어느 순간

꿈에서 그리운 사람을 만났다,
라고 중얼거렸을 때
메뚜기 한 마리가 뛰어올랐다.
작은 애벌레 한 마리가
가는 풀줄기를 내려오는 내내
풀벌레가 찌르르르— 울고 있다.

우리 이제는 만나지 말자

긴 장마 사이
반가운 햇빛

인적 없는 산책로에서 만난
커다란 뱀 한 마리

뱀과 나는 깜짝 놀라 잠시 멈추었다가
뒤돌아 서로 가던 길을 갔다

나만큼이나 너도 놀랐겠지
오랜만의 일광욕이 즐거워
내가 오는 줄도 몰랐겠지

너를 미워할 이유도

피할 이유도 없지만

우리 이제는 만나지 말자

담아 놓고 싶다

꽃은 시들고 과일은 썩는다.
해는 지고 바람은 분다.
담아 놓고 싶다.

닿을 듯 어른거리던 아름다운 이미지들이
다시 산산이 흩어진다.
담아 놓고 싶다.

가만히 귀 기울이면 들리고
가만히 들여다보면 보이고
가만히 느끼면 알 수 있는 것을
담아 놓고 싶다.

여름밤

숲에서 불어오는 바람이 시원하다. 잔잔한 풀벌레 소리만이 어둠을 채우고 있다가 오토바이 한 대 부웅, 지나가며 고요함을 깨뜨리자, 깜짝 놀란 개구리들 요란하게 울어 대더니 이내 잠잠해진다.

아무도 없는 놀이터 가로등 아래에서 헛된 날갯짓을 하던 날벌레들이 순간 빨갛게 반짝이더니 재가 되어 떨어져 내린다.

운해

뒤를 돌아보니 저 멀리 운해가 피어오른다.
갑자기 마음속 어딘가에 간직했던
옛 기억이 떠올랐다.

산자락에 피어오르는 것은 운해,
강에서 피어오르는 것은 물안개라고
엄마는 말했다.
엄마는 빨간 손수건을 목에 두르고
밭에서 잡초를 뽑고 있었다.

마당 한편의 배나무에
대여섯 마리 새들이 모여 앉아
인디언옐로 빛, 아직 채 익지 않은
동그랗고 자그마한 열매를 쪼아 먹고 있었다.

아빠는 바지만 입은 채로 달려 나가
막대기 하나 주워 허공에 휘휘 저으며
그 얄미운 회색빛 불청객들을
하늘로 쫓아냈다.

그것을 보고 나는 큰 소리로 웃었다.
너무나 행복해서
조금 슬프기까지 했다.

장마

우산을 접으니 매미가 울기 시작했다.
저 매미에게 남은 날은 얼마일까.
한 번이라도 뜨거운 햇빛 아래서
실컷 울부짖어 보아야 할 텐데.
곧 먹구름이 다시 하늘을 덮더니
빗방울이 떨어지기 시작했다.
사람들이 하나둘씩 우산을 펼쳤다.
새하얀 비둘기가 눈앞으로 날아올랐다.
잿빛 구름 아래에서 반짝이는
하얀 날갯짓이 사라질 때까지
고개를 들어 바라보았다.

비 온 뒤

막 샤워를 마친 꽃잎 위로 햇살이 쏟아지고 있다.
아직 물기를 다 털어 내지 못한 풀잎 위에도.

무궁화나무 아래 노부부

이리 와 봐.
예쁘게 찍어 줘.
가지마다 예쁘게 피었네!
어쩜 좋아. 아름답다!
세상에!
진짜 좋구나!

잘 나왔어?
당신이 더 잘 나왔네.
아하하.
꽃 속의 여인이여!

천천히 걷는 산책

잘린 연줄기 끝에 빨간 잠자리가 쉬고 있다.
가까이 다가가면 날아올랐다가
다시 제자리로 돌아온다.

무성하게 자란 짙은 초록빛 고사리 사이에
하얀 나방이 미동도 없이 깊은 잠을 청하고,
이끼가 잔뜩 낀 오래된 나무껍질 틈새에서
눈물을 닮은 조그만 버섯들이 자라고,
에메랄드빛 작은 애벌레가 꿈틀꿈틀거리며
나무를 오르고 있다.

빨리 걸으면 풍경이 보이지만
천천히 걸으면 그 풍경 안에 숨은
작고 소중한 것들이 보인다.

그래서 천천히 걷는 산책을 즐긴다.

오늘도 작고 예쁜 것을 많이 보았다.

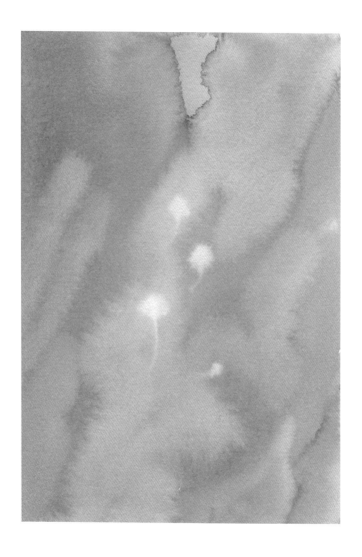

엄마에게

꽃 따지 마.
꽃을 따면 꽃이 아프잖아.
아이가 꽃을 따니까
엄마가 아이에게 말했어.

엄마는 아이에게
꽃은 살아 있고 감정도 있어서
소중히 해야 한다고
아이가 이해하기 쉽게 알려 주고 있었어.

내가 저 아이만 했을 때
엄마도 많은 걸 알려 주었지.

오늘 꿈에서 엄마를 만났어.

엄마는 김밥을 말고 있었어.

나는 엄마 김밥이 가장 맛있어.

엄마 김밥을 먹을 때마다 말하곤 했지.

엄마가 김밥 마는 것도

알려 주었다면 좋았을걸.

엄마가 보고 싶을 때는 어떻게 해야 하는지도

알려 주었다면 좋았을걸.

숲

숲은 두 팔을 벌려
낯선 이의 방문을 허락하네
숲의 정령들은
호기심을 참지 못하고 다가와
하얗게 일렁이며
나를 둘러싸네

나무와 돌 위에 가득한 초록빛 이끼가
발부터 시작해
손으로 타고 올라오네
걸음을 옮길 때마다
초록빛 공기가
폐 안으로 스며 들어오네

새 한 마리 살지 않는
숲속 어딘가에서
커다란 뱀 한 마리가
가만히 침묵하며
내가 떠날 때까지
지켜보고 있네

섬

바다를 둘러싼 조명이 하나둘씩 켜지기 시작하자, 하늘을 뒤덮으며 소란스럽게 날아다니던 제비 떼가 전깃줄에 빼곡히 내려앉는다.

처얼썩 처얼썩 바위를 때리던 파도는 서서히 잠잠해지고, 여자가 마을과 사람들과 차를 벗어나 비로소 고요한 곳에 서서 바다를 바라볼 때에야,

그제야 섬은 여자가 듣고 싶었던 신비롭고 아름다운 노래를 부르기 시작한다.

밤바다

저 멀리 조명을 환하게 밝힌 오징어 배가 까만 하늘과 까만 바다의 경계를 가르고 있다. 밤낚시객의 실루엣과 바닷물 위에 떨어져 둥둥 떠 있는 야광 찌가 온통 까맣기만 한 배경 속에서 천천히 움직인다. 파도 소리조차 들리지 않는 적막 가운데 두 아저씨 곁 라디오에서 트로트 가수의 노랫소리만 울려 퍼진다. 아주머니 하나가 홀로 앉아 낚싯대를 던지다 담배를 입에 물고는 나를 바라본다. 오래전 기억 같은, 꿈속의 한 장면 같은 그런 기분으로 검은 물 위에서 춤추는 가로등 불빛을 바라보았다.

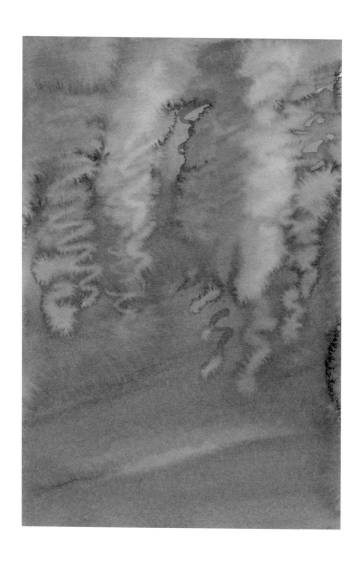

그 여름 바다

모래사장에 앉은 너는
신발을 벗고 그대로 바다에 뛰어 들어가
첨벙거리며 깔깔거리는 나를 바라보며 웃었다.
좀처럼 감기에 걸리지 않는 나는
그 여름 바다에서 지독한 감기에 걸렸고,
그 후 몇 해가 지난 지금도 종종 우리는
그날 바다에서 걸린 감기에 대해
웃으며 이야기하곤 했다.
그럴 때면 나를 감쌌던
따뜻하면서도 차가운 파도의 감촉과
나의 젊음과 우리의 사랑이 한꺼번에 밀려와,
미열과 함께 기분 좋은 통증이
그 여름 바다의 파도처럼 밀려오곤 하는 것이다.

모든 이별에게

그때 당신과 만났고
오늘 우리는 헤어졌습니다.

시들어 떨어지는 꽃잎을 보기 힘들어
당신은 나를 보지도 않고 안녕이라고 말합니다.

오늘 우리는 헤어지지만
시간이 흐르면 또다시 나는 피어날 것입니다.

그리하여 당신이 아닌 다른 누군가의
향기가 되어 줄 것입니다.

어쩌면 내 향기를 기억하는 당신이
나를 찾아올지도 모르겠습니다.

인사

불현듯 여름이 끝나 가고 있음을 느꼈다. 어린아이 손을 닮은 단풍나무 잎이 바람에 흔들린다. 반가움의 인사인지 이른 작별의 인사인지 모르겠지만 분명히 손을 흔드는 듯 보였다. 무슨 이유인지 코끝이 찡해 왔다.

어린 뱀

여기저기서 아저씨들이 등에 기계를 메고
시끄러운 소리를 내며 풀을 깎는다.
사방으로 풀의 파편이 튀어 오르고
공기 중에는 풀의 피 냄새가 가득하다.
풀숲에서 쫓겨난 어린 은색 뱀이
길 한가운데서 갈 곳을 잃은 채 웅크리고 있다.

늦여름

아무도 오지 않는 구석진 연못가에 앉아
한낮의 햇볕에 녹아내린 풍경을 바라보며,
꿈속에서 본 것 같기도 하고
눈물에 번진 사진 같기도 한,
그런 그림을 그리고 싶다고 생각했다.

무심

연못을 가득 덮은 연잎 위로
파란 실잠자리 한 마리 날아오더니
잠시 머물러 앉았다가
다시 날아가 풍경 속으로 사라진다.

마지막 노래

가을의 숨소리가 들려온다.

여름의 끝자락까지 살아남은 풀벌레들이
생의 마지막 남은 힘을 다해 울부짖는다.

어느덧

바스락 소리에 아래를 보니 마른 낙엽이 바스러져 있다. 무심한 척 발을 옮겼지만 왠지 미안한 마음이 들어 곳곳에 떨어진 낙엽을 밟지 않도록 조심스레 걷는다. 그러고 보니 나뭇가지마다 노랗게 바랜 잎이 부쩍 늘었다. 혹시나 하여 휴대폰을 꺼내 날짜를 보았다.

아, 역시 그랬구나.
어느덧 가을이 되었구나.

자작나무

산에서 길을 잃고 헤매다
자작나무 숲에 들어섰다.

하얗게 우뚝 솟은
자작나무 한 그루가
줄기에 가득 붙은 눈으로
나를 응시한다.

걸음을 옮길 때마다
자작나무는 차례로 눈을 뜨고
나를 바라본다.

수많은 시선을 느끼며
어디로 향하는지 모르는 길을 걷는다.

이대로 깊고 깊은 어딘가로 들어가
다시는 나오지 못하는 건 아닐까.

낙엽을 밟는 작은 소리에도
자작나무의 잠을 깨울 것만 같아
조심스럽게 걷는다.

저 멀리서 희미하게
사람들의 목소리가 들려와
급히 발걸음을 옮겼다.

가까이 다가가니
날카로운 금속음과 함께
나무들의 비명 소리가 들린다.

아저씨들이 무시무시한 전기톱으로
나무를 잘라 낸다.

뒤를 돌아보니
자작나무는 모두 눈을 감고 있다.
눈을 감으면
아무도 그들을 보지 못할 것처럼.

작은 것들도 살기 위해 몸부림친다

이상한 소리가 들려 들여다본 풀숲에서 개구리가 뱀에게 잡아먹히고 있었다. 보지 않았으면 좋았을 텐데. 개구리가 불쌍해 급히 눈을 돌렸다. 하지만 배고픈 뱀이 무슨 잘못이랴. 작은 것들도 더 살고 싶어 저리 구슬피 우는데 가을바람이 쓸쓸하다고 울 일인가. 하루하루 숨을 쉬고 살아감에 그저 감사할 일이다.

반짝이는 호수를 헤엄치는 오리

오리는 빛을 따라가고
빛은 오리를 따라간다.
서로가 서로를 따라가는 줄도 모르고.

그렇게 오리와 빛은
한 편의 아름다운 동화를 그리고 있다.

우연히 마주친 그 사람

우연히 마주친 그 사람
나를 떨리게 하네
내 향기가 그에게 전해졌을까
두근거리는 마음을
감출 수가 없네

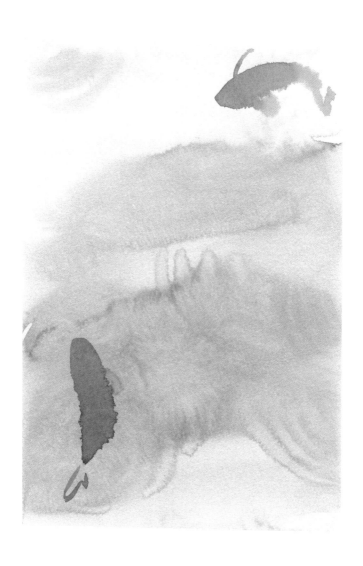

꼬리박각시

처음에는 벌새를 봤다며 신기해했지
알고 보니 너는 나방이라며

나방은 왠지 무섭고 싫었는데
너는 참 예쁘게 생겼구나

꽃잎 사이에서 잠시도 쉬지 않고
바쁘게 날갯짓하며 꿀을 빠는데

할 일 없는 산책가는 가만히 서서
구경만 하고 있구나

가을 안에서

꾹 참지 않으면
금세라도 터져 버릴 것만 같은 울음이
가을 안에서 이러지도 저러지도 못하고 있다.

호루라기 소리

호로로로
호로로로

누구일까
풀숲에 숨어
호루라기 부는 이

커다란 하얀 구름이
파란 하늘을 덮고 있다.

아침 바다

아직 어두운 하늘에는 살며시 붉은빛이 번지고, 부지런한 사람들은 벌써부터 해변가에 나와 서성인다. 나란히서서 바다를 바라보는 중년 부부, 혼자 나와 바다를 배경으로 사진 찍는 여자.

오른쪽 하늘에서 해가 떠오르기 시작하는지 커다란 구름 뒤편에서 붉은빛이 선명하게 올라온다. 나도 모르게이끌리듯 그쪽으로 걷는다.

남자 하나가 모래사장에 우두커니 낚싯대를 들고 서 있다. 이렇게 이른 아침부터 무엇을 낚는 걸까. 일출에 익숙해진 건지 떠오르는 해는 관심도 없다는 듯 미동도않고 낚싯대 끝만 바라본다.

걸어갈수록 붉은빛은 빠르게 구름 위로 솟는다. 서두르면 닿을 수 있을 것 같아 괜스레 마음이 급해졌지만 푹푹 파이는 모래 때문에 걷기 힘들다.

드디어 구름 위로 빨갛고 동그란 얼굴이 보인다. 그 옆으로 함께 떠 있는 조그만 무지개. 더 이상 어떻게 말할 수 있을까. 아름답다, 아름답다, 몇 번이나 중얼거린다.

돌아오는 길, 신발을 벗고 모래사장을 걷는다. 아직 햇빛에 데워지지 않은 모래는 차가웠지만 더 깊숙한 곳에서 따뜻함이 전해 온다.

낚시하는 남자는 아직도 그대로 서 있다. 지나가며 남자 옆에 있는 플라스틱 통을 들여다보니 아직 아무것도

잡지 못한 건지, 아니면 처음부터 잡을 생각이 없었던 건지 잡동사니만 가득하다.

종소리

좋은 날 다 놔두고,
가을바람 쌀쌀한 날 당신을 만나러 왔다.
그래서인지 따뜻한 당신의 손길 그립다.
어쩌면 나를 보고 환하게 웃는 당신 만날 수도 있겠다.

종소리 울려 뒤돌아 보았다.
노란 은행나무 잎이 흩날리고 있다.

그때

타오르는 불꽃을 닮은 나무가 서 있었다. 저 멀리 하늘에 검은 새 떼가 날아올랐다 아파트 너머로 사라졌다.

가을

여자에게서
붉게 물든 나뭇잎과
나뭇잎 구르는 소리와
하얀 갈대의 흔들림과
마른 꽃봉오리가 뒤섞인
향기가 났다.
가을이었다.

억새

얼마 전 차를 타고 지나가면서 우연히 본 은빛 물결. 그 억새의 춤을 보러 왔다. 갈대와 억새의 차이를 몰랐지만 이제는 알 수 있다. 잎새가 좀 더 풍성하고 부드러운 쪽이 억새다.

바람이 많이 분다. 사방에서 억새가 바람에 흔들리며 사각사각 소리를 낸다. 추워서 모자를 뒤집어썼지만 분명하게 들을 수 있다. 억새가 만들어 낸 가을의 연주, 그 연주를 배경 삼아 어딘가에서 울리는 작은 새의 노랫소리.

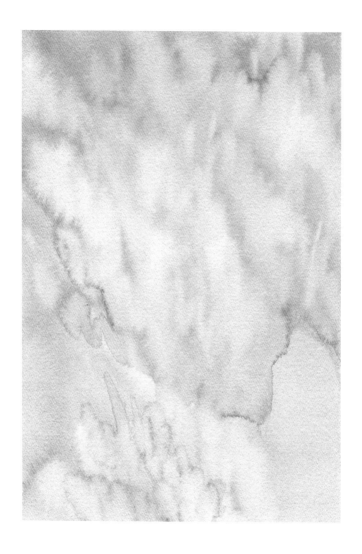

달

어둠 속에서 빛나는 맹수의 눈동자처럼
검은 구름 사이에서 노랗게 빛나는 달.

그 눈동자를 향해 검은 새가 날아가고 있다.

아름다운 계절

바짝 말라 휘어진 연줄기가
꽁꽁 언 연못으로 다시 들어가려는 것처럼
고개를 푹 숙이고 있다.
그 모습이 쓸쓸해 보이다가도
자연이 그려 놓은 추상화처럼 아름답게 보인다.

추운 걸 싫어해서인지
겨울은 좀처럼 정이 가지 않는 계절인데,
유독 이 풍경을 통해
겨울이 아름답다고 느꼈고
비로소 겨울을 좋아할 것 같다.

곧 얼음이 녹고
다시 커다란 연잎이 자라나고

어느샌가 연꽃 향기로 가득해질 것이다.

봄, 여름, 가을, 겨울 모두

아름다운 계절일 것이다.

시

노을 지는 언덕에서
아이들이 달리고 있다.

붉게 물든 하늘을 배경으로
머리 하나, 머리 둘, 머리 셋
나타났다 다시 뒤돌아 사라진다.

나는 노래하고 싶지만
어떤 노래를 해야 할지 모른다.

그래서 나는 당신을 생각했어요.
어리석은 사랑에 빠질 때
시는 내게 찾아오거든요.
잘 지내요?

당신이 물을 때

잘 지내요,

나는 말해요.

짧고 흔한 대화 속에서

나는 그 무언가를 찾고 있어요.

그리고 그것은 시가 되어 주지요.

하늘은 점점 붉게 물들고,

검은 아이들이

나타났다 사라지고 있다.

노을

아아, 불타오른다.
온통 불타고 있다.

불길을 향해 달린다.
숨이 차오르고
차가운 공기가 얼굴을 때린다.

불길이 하늘을 덮고 있다.
검은 구름이 흩날린다.

불길을 향해 달린다.
두 눈에 눈물이 차오른다.
저곳에 닿고야 말리라.

아아, 사라진다.

전부 사라지고 있다.

불길이 사라지고

검은 연기만 남은 하늘을 바라보며

나는 우두커니 서 있다.

천사

오래전
내가 어렸을 때
눈이 많이 내린 어느 날

엄마는
눈 위에 누워
아름다운 날개를 만들고

천사가 되었지

겨울 호수

눈 덮인 하얀 호수에
얼룩덜룩 사람들의 발자국이 찍혀 있다.
저 멀리까지 검은 발자국을 남겨 놓고
모두 어디로 사라진 걸까.

바위와 나뭇가지와 마른 연잎과
빛과 그림자도 얼어붙은 호수에
조각난 얼음들이 반짝이며 구르고 있다.

빨간 열매가 가득한 나무에서
시끄럽게 열매를 쪼아 먹던 새 떼가
요란한 날갯짓 소리를 내며
멀리 날아간다.

커다란 카메라를 든 사진가가
새들이 날아가는 방향으로
급히 렌즈를 옮긴다.

하얀 눈과 그대

하얀 눈이 소복이 쌓여 있는 것을 보니
문득 생각나는 사람

그 사람과 하얀 눈은 아무 상관도 없지만
내 마음이 조금 설레었다는 것이다

눈은 그새 녹아 사라져 버렸는데
그대는 여전히 내 마음속에 있어

처음에는 설레었던 나의 마음이
시간이 흐를수록 쓸쓸해져 울지도 몰라

눈도 사랑도 그리움도 모두 덧없어
슬픈 노래 들으며 달래 본다

하늘고래

하늘에 거대한 고래 떼가 이동 중이다.
하얀 파도가 치고 있다.
천공에는 그들의 노랫소리가 가득할 것이다.

곧 눈이 쏟아질 테지.

산산조각 난 고래들이 쏟아져 내리면
어쩌면 우리 중 누군가는
희미한 노랫소리를 들을 수도 있을 것이다.

호수의 별

꽁꽁 얼어붙은 호수에 별 닮은 구멍이 생겼다. 구멍 속을 들여다보면 까만 우주에서 물고기 닮은 혜성들이 느릿느릿 유영하고 있을 것이다.

남자는 아무도 밟지 않은 하얀 눈에 손가락으로 눈과 코와 머리카락을 그린 뒤 여자라고 말하며 웃었다. 그러고는 손이 시리다고 하여 여자는 남자의 손을 잡았다.

꽁꽁 얼어붙은 호수에는 두 사람의 긴 그림자가 별 사이에서 춤을 추고 있다.

바다의 길

물이 사라진 바다에는
파도가 만들고
바다가 숨겨 놓은
구불구불한 길이 있어.

그 길을 따라
빛이 반짝이며
흐르고 있네.

아무도 가지 않은
그 길을 따라가면
그리운 그곳에
닿을 수 있을 것 같아.

저 멀리서

바다가

손을 흔들고 있네.

편지

그곳에는 벌써 매화와 목련이 피어나고 있다고요. 이곳
은 아직 빈 가지들뿐이지만 얼마 전에 산책하다 막 피
어나려고 하는 노오란 작은 봉오리를 만났답니다. 산수
유겠지, 생각했어요. 꽤 부지런한 아이구나, 싶었지요.

오늘은 바람은 불어도 햇살이 참 따뜻하더라고요. 2월
은 기다림의 계절인 것 같아요. 2월에 태어나서인지 생
일이 지나고 나면 봄이 오겠지, 생각하며 남은 날들이
어서 끝나기만 기다렸지요. 올 듯 말 듯 애태우면서도
언제나 봄은 다시 돌아오더라고요. 곧 이곳에도 매화
와 목련이 피어나겠지요. 언제나 그랬듯 다시 봄이 오
겠지요.

항구

젊은 부부가 두 아이와 함께
갈매기들에게 과자를 던져 주고 있다.
갈매기들은 요란스레 소리 지르면서
자기 차례를 기다리며 빙글빙글 돌고 있다.
아빠는 이렇게 던져야 한다며
힘껏 과자를 던져 보였지만
아이가 던진 과자는 겨우 허공을 맴돌 뿐이고
용기 있는 갈매기가 날아와 과자를 낚아챈다.
과자가 다 없어지고
젊은 부부와 두 아이가 가 버리자
갈매기들은 한가롭게 뻘 위를 걸어 다니며
계속 소리를 질러 댄다.
출항을 준비하는 배에서
어부들이 그물을 싣고 있다.

한 어부가 다른 어부에게 거친 욕을 내뱉는다.
가만히 서서 어부들을 지켜보던 아저씨가
가끔씩 뒤를 돌아볼 때마다
나와 눈이 마주친다.
배가 지나가며 바다에 긴 빛줄기를 그린다.
길게 반짝이다 서서히 사라지는 빛줄기 위로
수많은 날개가 날아오른다.

다시, 봄

나뭇가지에 솟아나는
노란 봉오리들.
겨우내 잠들어 있다가
따뜻한 햇살이 비추자
기지개를 켠다.

봄이 오면 꽃이 피고
여름이 오면 잎이 자라고
가을이 되면 마르기 시작하여
겨울이 되면 다시 잠든다.
언젠가부터
계절의 흐름에 맡긴 채
그저 살아가고 있다.

다시, 봄이 올 것을 알고 있었지만
겨우내 애타게 봄을 기다렸다.
그리고 봄이 되어 꽃이 피어났다.
다시 돌아온 이 봄에도
이렇게 나는 살아 있다.

쓸쓸하지도 외롭지도 않고
설레지도 들뜨지도 않고
봄이 오면 묵묵히 피어나는
저 나뭇가지의 꽃처럼
가만히 이 자리에서
다만 살아가고 있다.

봄의 전주곡

풍경이 흘러내리는 것을 보니 비가 오는 걸 테지.
봄의 전주곡이 내린다.

고양이가 좋아, 강아지가 좋아?

아이가 엄마에게 물었다.
엄마는 고양이가 좋아, 강아지가 좋아?
엄마가 잠시 생각하더니 말했다.
강아지.
아이가 다시 물었다.
고양이는 왜?

아마도 아이는 고양이를 좋아하겠지.
엄마가 고양이라고 대답하기를 바랐던 거야.

그때 멀리서 누군가를 부르는 소리에
나도 모르게 뒤를 돌아보았다.
다시 고개를 돌렸을 때는
둘은 그새 저만치 걸어가 버렸고,

엄마가 고양이라고 대답하지 않은 이유가 궁금했지만
더 이상 대화가 들리지 않았다.

밤에도 꽃은 피었네

까만 밤하늘을 배경으로
하얗게 피어난 목련을 바라보다
나도 모르게 말했다.

밤에도 꽃은 피었네.

좀처럼 산책을 하지 않는 그가
어느 밤 갑자기 산책을 하고 돌아와
혼잣말처럼 중얼거린 말이다.

그날 밤,
그가 본 그 꽃은 무엇이었을까.

나는 꽃이 될래요

나는 개나리가 될래요
당신이 나를 보며 활짝 웃을 수 있도록 말이에요

나는 목련이 될래요
당신이 나를 지긋이 바라볼 수 있도록 말이에요

나는 벚꽃이 될래요
당신이 나를 어루만질 수 있도록 말이에요

나는 진달래가 될래요
당신이 내 곁에 계속 머물고 싶도록 말이에요

나는 라일락이 될래요
당신이 내 향기를 그리워할 수 있도록 말이에요

나는 꽃이 될래요

또다시 피어나 당신에게 사랑받을 수 있도록 말이에요

연인

시는 짧을수록 좋고
여운은 길수록 좋아

그다음 말이
생각나지 않아
그에게 물었다

그리고 뭐가 좋아?

만남은 짧을수록 좋고
기다림은 길수록 좋지

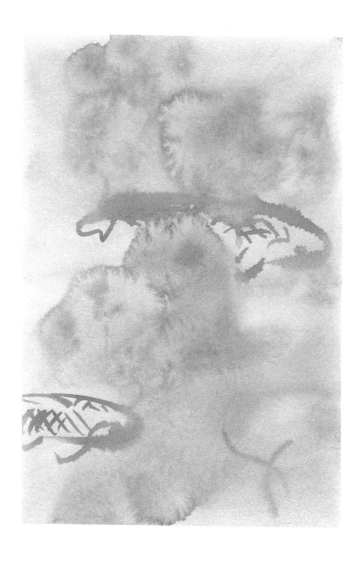

목련

봄볕에
가지마다 가득히
하얀 목련이 피어나
보는 이의 마음을
설레게 하네

봄볕에
애써 숨겨 놓았던
내 마음도 피어나
아무도 모르게
흔들린다네

라벤더 화분

엄마가 사 준 라벤더 화분을
소중히 들고 가는 아이.

아이의 손에 들린 봄은
보라색 향기가 날 것 같아.

나뭇잎과 민들레

나뭇가지에 간신히 매달려 있던 마른 나뭇잎 하나가
움켜쥔 손을 힘없이 떨구고
바람에 몸을 맡긴 채 빙글빙글 돌면서
마지막 누울 곳을 찾는다.

겨우내 잠들어 있던 민들레 한 송이가
갈라진 아스팔트 틈새로 간신히 고개를 내밀고
나뭇잎이 향하는 곳을 무심코 지켜본다.

오 잎 클로버

네 잎 클로버를 찾다가 오 잎 클로버를 찾았다. 더 값진
걸 찾은 것 같아 뽑아서 간직하고 싶었지만, 그것을 찾
은 순간 행운은 이미 나에게 왔으므로 또다시 누군가의
행운이 되도록 그대로 남겨 두었다.

벚꽃이 질 때

벚꽃이 다 졌다고
몇 번이나 아쉬워하며 말하자
남자는 꽃이 지고 잎이 피어나는 것도 예쁘다며
여자를 위로하곤 남아 있는 꽃을 찾아
사진을 찍어 주었다.

바람에 흩날려 떨어진 꽃잎들이
호수를 장식하고 있다.

떨어지는 꽃잎을 잡으려는 연인은
허공에 손을 저으며 웃고 있다.

헤엄

그가 내 안에 들어와 헤엄쳤다.
깊고 따뜻한 마음속이었다.
물결이 잔잔히 끊임없이 흐르다
갑자기 요동쳤고,
나는 숨죽여 소리를 질렀다.

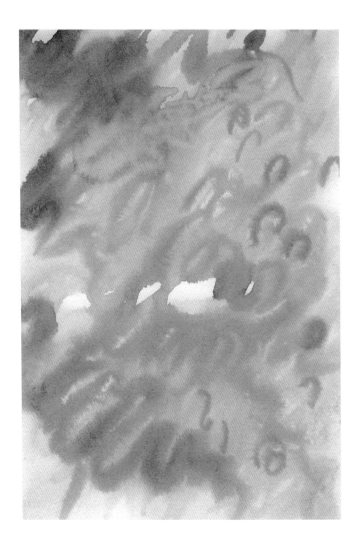

진달래 동산

진달래 보러
산 정상까지 올라왔는데
이미 피었다 진
흔적만 남아 있네

괜히 진달래가 야속해
숨을 헉헉거리며
나물 캐는 아주머니께
진달래 다 졌어요? 물으니
다 졌어요, 한다.

다 진 걸 알면서도
누구에게든
이 아쉬운 마음

전하고 싶었지

분명
아름다운 분홍빛으로
덮여 있었겠지
내년 봄에는 꼭
활짝 핀 진달래
만나러 와야지

라일락

가던 길을 멈추고
가만히 서서
바라보다
조심스레 향기를 맡으니
수줍어서 웃는 너

나도 모르게
어루만져 주려다가
가녀린 너의 몸
떨어져 내릴까 봐
조금만 더 바라보고는
걸음을 옮기네

연꽃

아직 연꽃이 피지 않았을 거라고 생각했는데.
너무 빨리 도착한 손님을 맞이한 것처럼
나도 모르게 아! 하고 소리를 질렀다.
가까이 있다면 손이라도 살포시 잡아 주련만.
그 손님은 저 멀리서 손을 흔들고만 있다.

그대에게

닿을 것 같은데
조금만 더
닿고 싶다

무대

바람이 나뭇가지를 흔들 때마다
버드나무 잎이
물결을 쓰다듬으면
일렁이는 물결을 타고
물고기 두 마리가 춤을 추다가

곧이어 바람이 잠잠해지자
물고기는 어느샌가 멀어져 가고
잔잔한 물결 위로
버드나무 잎이
무대의 막을 내린다.

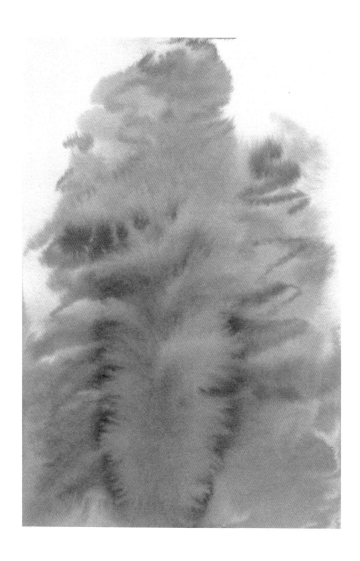

산책가의 노래

뻐꾹뻐꾹
뻐꾸기가 노래를 시작하자
찌르르르
풀벌레가 반주를 넣는다

삑삑삑삑
이름 모를 새가 화음을 넣자
꿔엉꿔엉
이에 질세라 저 멀리서 꿩이 소리 높인다

구구구구
혼자 멀찍이서 나뭇가지에 앉아 노래 부르다
가까이 다가가 귀 기울이자
부끄러운지 노래를 멈추는 비둘기

하얀 아카시아 꽃이 콧노래 부르고
바람에 흩날리며 나를 둘러싸고

자, 이제 나의 노래를 부를게

빨간 물고기

빨간 물고기
한 마리가
느릿느릿
풍경 속에
한 획을 긋고 있다

꽃

나를 만지며 너는 부드럽다 말하고,
나를 맡으며 너는 향기롭다 말한다.

너로 인해 나는 꽃이 된다.

금계국

햇빛이 쏟아져 내려 싹을 틔운 듯
눈이 부시도록 노란 꽃잎들.
꽃송이마다 벌이 앉았다가
뜨거운 열기를 참지 못하고 금세 날아오른다.

지나가던 할아버지가 걸음을 멈추고
노란 꽃잎을 바라보다가,
살며시 쓰다듬더니
다시 터벅터벅 걸음을 옮긴다.

숲과 나

숲은 나를 치유해 주네

숲은 나와 숨 쉬고
숲은 나를 쓰다듬네

작은 새가 함께 노래 부르고
하얀 나비가 함께 춤추고
청설모가 손을 흔들어 주네

짙은 초록 잎이 흔들리며
물방울을 뚝뚝 떨어뜨리네

숲은 나와 함께 울고 있다네

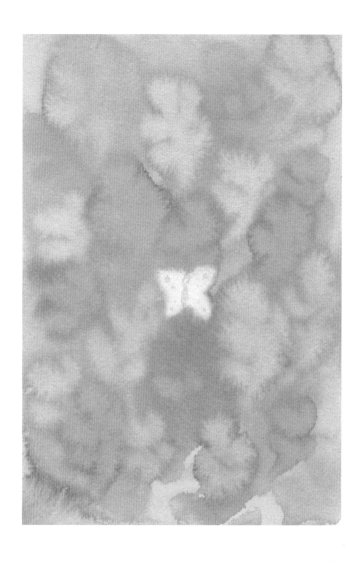

노인들의 산

할머니 한 분이 느릿느릿 산을 오르고 있다. 할머니를 따라 오르다 보니 어느샌가 내가 앞질러 있고, 갑자기 어디론가 사라졌는지 할머니는 보이지 않는다.

짙은 초록색으로 덮인 숲은 습기를 가득 머금어서 얼마 걷지 않았는데 땀으로 축축해지기 시작한다. 바위에 앉아 쉬려고 했지만 커다란 모기 한 마리가 이미 자리를 잡고 있다.

산길 군데군데마다 세워 놓은 벤치에는 나이 지긋한 어른들이 앉아 있다. 잠깐씩 대화 소리가 들리기는 하지만 대부분 혼자서 침묵하고 있다.

온 길을 돌아서 다시 걷는다. 아까 본 할아버지가

여전히 벤치에 앉아 하얀 강아지를 안고 있다.

갑자기 빗방울이 떨어지기 시작하고, 어디선가 까마귀가 울었다.

꽃길

너무 아름다워 바라보다 울고 말았네

마음

마치 멈춘 듯 보였던
고요하고 투명한 강물은
떨어진 나뭇잎 하나가 만들어 낸 파동으로
작게 일렁이기 시작하고,
깜짝 놀란 물고기가 돌멩이 틈을 파고들면서
가라앉은 모래를 일으켜
어느새 뿌예져 버리고 마는 것이다.

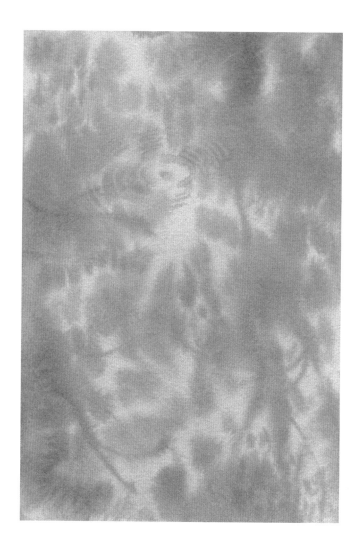

내가 울 때는 사랑한다고 말해 줘

내가 혼자 있고 싶어 할 때도
내 옆에 있어 줘

내가 다른 사람을 바라볼 때도
내 옆에 있어 줘

내가 네가 싫다고 할 때도
내 옆에 있어 줘

내가 울 때는
사랑한다고 말해 줘

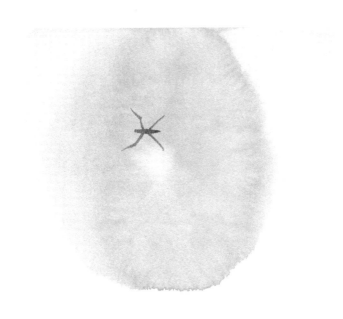

네 잎 클로버를 찾는 아주머니

아주머니가 지나가다 클로버가 잔뜩 피어난 것을 보고 주저앉는다. 가방에서 노트를 꺼내 네 잎 클로버 하나를 찾아 끼워 넣은 뒤, 더 찾아볼 요량인지 클로버를 뒤적인다. 그러고는 다시 하나를 찾아 뽑아다 노트에 끼우고 다시 또 하나를 찾아 뽑아다 노트에 끼우기를 반복한다.

저 아주머니는 무슨 소원을 저토록 빌고 싶은 것일까.

더위에도 꿈쩍 앉고 주저앉아 네 잎 클로버를 찾는 아주머니 주위로 호기심 많은 노란 나비 한 마리가 날아다니고 있다.

샘

짙은 초록빛 나뭇잎을 매단
커다란 나무들 사이로
진한 자줏빛 꽃송이를 매단
작은 나무 한 그루가
살짝 기울어져
수줍은 소녀처럼 웃고 있다.
꼭 껴안아 주고 싶을 정도로 사랑스러워
나도 모르게 그만 샘이 나 버렸다.

순간

물고기가 막 수면으로 올라올 때
물과 공기가 만나는 그곳에
작고 하얀 동그라미가 반짝였다.
세계와 세계가 만나는 순간,
너와 내가 닿은 순간이었다.

잠자리

아이는 파란 잠자리채를 휘두르지만 잠자리는 저 높이 파란 하늘로 날아가고, 오늘도 어김없이 같은 자리에서 모자를 푹 눌러쓴 할아버지가 커다란 매 연을 날리고 있다. 손을 뻗으면 닿을 것 같은 거리에서 비둘기 한 마리 날아가고, 아파트 창문에 반사된 빛에 눈이 부시다. 자전거 탄 소년 셋이 지나가고, 그때 오래된 기억 어딘가에서 누군가 내 이름을 불렀다.

흐르는 개울 위로 수많은 날개가 반짝인다.

연잎

진주를 뿌려 놓은 듯 반짝이다 점점 하나로 모여
커다랗고 투명한 조개껍데기가 되었다가
빗물이 가득 채워지기 전에
고개를 숙여 강물로 떨구는 연잎을 보며,
한 편의 시를 바라보는 것 같았다.

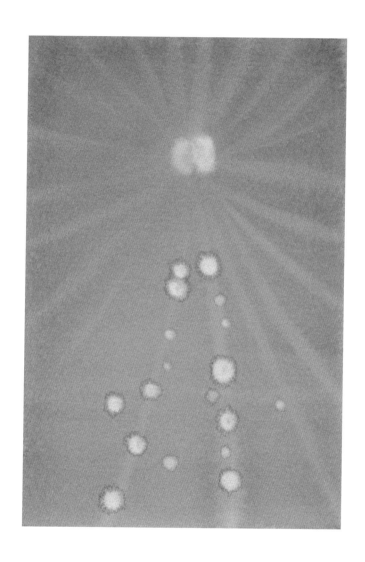

237

안녕, 여름

하얀 구름이 연기처럼 피어오르고
작아지는 비행기가 구름 속으로 사라지고
나비 한 마리가 비틀비틀 날아가고
개 두 마리를 산책시키는 아주머니가 지나가자,
교차로 한가운데에서 신호를 기다리던
여름이 손을 흔들고는 뒤돌아 길을 건넌다.

산책가의 노래

초판 1쇄 발행 | 2022년 6월 13일

글, 그림 | 이고은

펴낸이 | 이정헌, 손형석
편집 | 이정헌
교정 | 노경수
디자인 | 이정헌
인쇄 | 공간코퍼레이션

펴낸곳 | 도서출판 잔
출판등록 | 2017년 3월 22일 · 제409-251002017000113호
주소 | 경기도 김포시 김포한강3로 432 502호
팩스 | 070-7611-2413
전자우편 | zhanpublishing@gmail.com
웹사이트 | www.zhanpublishing.com

ISBN 979-11-90234-88-7 03810